文 **劉清彥**（阿達叔叔）

不跟風流行，一件衣服常常一穿就是十幾二十年；也不喜歡和別人撞衫，所以喜歡把衣服修修改改、塗塗畫畫，弄成獨一無二的模樣，還曾經有人要出高價收購呢。不過，比起改造衣服，最喜歡的還是為小朋友翻譯童書和寫故事，除此之外，還在電視主持兒童閱讀節目和主持廣播節目。作品曾經榮獲豐子愷圖畫書獎、開卷年度好書獎、金鼎獎優良童書推薦，還有三座廣播電視金鐘獎。

圖 **黃祈嘉**

插畫工作者。曾獲金鼎獎兒童及少年圖書獎、美國 3x3 國際當代插畫大賽 Professional Show 入圍，Picture Book Show 獲 Distinguished Merits。
已出版繪本有：《噴射龜》、《阿嬤的碗公》、《遷徙鳥，居留鳥》、《陪爸爸上班》、《勝利貓日子》等。
其他作品散見各大報章雜誌。另有文創商品發表。
臉書：chichihuangart

國家圖書館出版品預行編目資料

可可的新舊衣／劉清彥 文；黃祈嘉 圖
臺北市；親子天下股份有限公司.
2023.11
44面；21x26公分（繪本；344）
國語注音
ISBN 978-626-305-594-0(精裝)
863.599　　　　　　　112015347

繪本 0344

可可的新舊衣

文｜劉清彥　圖｜黃祈嘉　附錄插畫｜李小逸

責任編輯｜謝宗穎　特約編輯｜劉握瑜
美術設計｜蕭華　行銷企劃｜張家綺
天下雜誌創辦人｜殷允芃　董事長兼執行長｜何琦瑜
媒體暨產品事業群
總經理｜游玉雪　副總經理｜林彥傑
總編輯｜林欣靜　行銷總監｜林育菁
資深主編｜蔡忠琦　版權主任｜何晨瑋、黃微真

出版者｜親子天下股份有限公司　地址｜台北市 104 建國北路一段 96 號 4 樓
電話｜（02）2509-2800　傳真｜（02）2509-2462　網址｜www.parenting.com.tw
讀者服務專線｜（02）2662-0332　週一～週五：09:00~17:30
傳真｜（02）2662-6048　客服信箱｜parenting@cw.com.tw
法律顧問｜台英國際商務法律事務所・羅明通律師
製版印刷｜中原造像股份有限公司
總經銷｜大和圖書有限公司　電話：（02）8990-2588

出版日期｜2023 年 11 月第一版第一次印行
定價｜360 元　書號｜BKKP0344P
ISBN｜978-626-305-594-0（精裝）

訂購服務 ─────────────────
親子天下 Shopping｜shopping.parenting.com.tw
海外・大量訂購｜parenting@cw.com.tw
書香花園｜台北市建國北路二段 6 巷 11 號　電話 (02) 2506-1635
劃撥帳號｜50331356　親子天下股份有限公司

立即購買 >

有聲故事書

可可的新舊衣

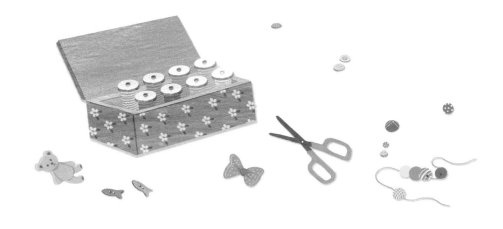

文 劉清彥　圖 黃祈嘉

可ㄎㄜˇ可ㄎㄜˇ最ㄗㄨㄟˋ討ㄊㄠˇ厭ㄧㄢˋ學ㄒㄩㄝˊ校ㄒㄧㄠˋ每ㄇㄟˇ個ㄍㄜˋ星ㄒㄧㄥ期ㄑㄧ三ㄙㄢ的ㄉㄜ「便ㄅㄧㄢˋ服ㄈㄨˊ日ㄖˋ」。

「可可，你就穿這樣去上學嗎？」媽媽問。

「還不都一樣？」可可懶洋洋的說：

「穿來穿去，還不都是姐姐的舊衣服。」

「可是每個星期只有一天穿便服耶。」姐姐說。

「我還寧願穿制服上學！」可可嘟起嘴。

今天， 蒂蒂和蕾蕾又穿新洋裝來了。

小玫戴了很別緻的髮箍。

鐺鐺踩著閃亮亮的新鞋子。

小虹的帽子也很吸睛。

下課時間， 同學都聚在一起
嘰嘰喳喳的討論。

除了可可。

放學回到家， 可可終於忍不住了。

「媽， 給我買新衣服！」

「你的衣櫥裡滿滿都是衣服啊。 」

「全部是姐姐穿過的舊、衣、服！」

「那些衣服還很好， 不必買新的。 」

「為什麼姐姐就能買新衣服？ 」

可可氣呼呼的衝進房間，甩上門。
她拉開自己的衣櫥，
把衣服全掃到地上，拿出剪刀⋯⋯
「哼！只要把衣服都剪破，
媽媽就會幫我買新衣服了。」

「不ㄅㄨ公ㄍㄨㄥ平ㄆㄧㄥ！媽ㄇㄚ媽ㄇㄚ最ㄗㄨㄟ討ㄊㄠ厭ㄧㄢ了ㄌㄜ！」

可可趴在衣服堆裡，一直哭、一直哭……

迷迷糊糊間，
可可發現自己走在一條長長的伸展臺上，
身上穿的全是被她亂剪的衣服，
舞臺下的人卻都在為她鼓掌。

可可猛然驚醒。
她的腦中迸出一個有趣的想法。

她找出家裡的裁縫盒、美勞課剩下
的緞帶、媽媽不要的絲巾，還有她
蒐集的小髮夾、鈕扣、亮片、彩色
珠珠和羊毛氈娃娃。

她拿起那些被剪過的衣服，
開始縫啊縫……

可可開心的在鏡子前轉來轉去，
照了好久。
然後心滿意足的把自己的「新」衣服收進衣櫥。
她巴不得下星期的便服日趕快到來。

「可可——」

終於又到了星期三， 可可一走出房門，

媽媽和姐姐都瞪大眼睛看著她。

「你怎麼會有這件洋裝？」媽媽問。

「姐姐不能穿的舊衣服啊！」可可很得意。

「看起來還不錯嘛！」姐姐說。

下課時， 同學都圍在可可身邊。

「好特別的衣服！
你在哪裡買的？」

「什麼？
這全都是用舊衣服改的嗎？」

「看起來就像
新的一樣耶！」

「你也可以幫我
改造舊衣服嗎？」

從那天起ㄑ，
可ㄎ可ㄎ每ㄇㄟ天ㄊㄧㄢ都ㄉㄡ希ㄒㄧ望ㄨㄤ自ㄗ己ㄐㄧ像ㄒㄧㄤ章ㄓㄤ魚ㄩ一ㄧ樣ㄧㄤ有ㄧㄡ八ㄅㄚ隻ㄓ手ㄕㄡ。
她ㄊㄚ忙ㄇㄤ著ㄓㄜ把ㄅㄚ衣ㄧ櫥ㄔㄨ裡ㄌㄧ的ㄉㄜ舊ㄐㄧㄡ衣ㄧ服ㄈㄨ， 一ㄧ件ㄐㄧㄢ件ㄐㄧㄢ改ㄍㄞ成ㄔㄥ新ㄒㄧㄣ的ㄉㄜ模ㄇㄛ樣ㄧㄤ，
還ㄏㄞ去ㄑㄩ圖ㄊㄨ書ㄕㄨ館ㄍㄨㄢ翻ㄈㄢ雜ㄗㄚ誌ㄓ、上ㄕㄤ網ㄨㄤ查ㄔㄚ資ㄗ料ㄌㄧㄠ，又ㄧㄡ搬ㄅㄢ一ㄧ堆ㄉㄨㄟ書ㄕㄨ回ㄏㄨㄟ家ㄐㄧㄚ。

不管在什麼地方， 可可都會仔細觀察別人的穿著。
她發現， 不管是新衣服還是舊衣服，
只要搭配得好， 就能穿出好看的樣子。

老師甚至請她擔任「時尚小老師」，
在美勞課教大家改造自己的舊衣服。
全班同學還舉辦了一場盛大的時裝發表會。

就連姐姐也很羨慕可可有穿不完的新衣服。

「妹，」姐姐對她說：

「你可以幫我改造這件衣服嗎？」

「不行！」可可說：

「因為那件衣服，以後——是、我、的！」

可ㄎㄜˇ可ㄎㄜˇ教ㄐㄧㄠˋ你ㄋㄧˇ
改ㄍㄞˇ造ㄗㄠˋ舊ㄐㄧㄡˋ衣ㄧˉ服ㄈㄨˊ

不ㄅㄨˋ穿ㄔㄨㄢ的ㄉㄜ˙舊ㄐㄧㄡˋ衣ㄧˉ服ㄈㄨˊ別ㄅㄧㄝˊ急ㄐㄧˊ著ㄓㄜˊ丟ㄉㄧㄡ，只ㄓˇ要ㄧㄠˋ動ㄉㄨㄥˋ動ㄉㄨㄥˋ腦ㄋㄠˇ，稍ㄕㄠ微ㄨㄟˊ改ㄍㄞˇ一ㄧˉ改ㄍㄞˇ，就ㄐㄧㄡˋ能ㄋㄥˊ變ㄅㄧㄢˋ成ㄔㄥˊ新ㄒㄧㄣ衣ㄧˉ服ㄈㄨˊ或ㄏㄨㄛˋ配ㄆㄟˋ件ㄐㄧㄢˋ囉ㄌㄛ˙！

牛ㄋㄧㄡˊ仔ㄗㄞˇ裙ㄑㄩㄣˊ變ㄅㄧㄢˋ身ㄕㄣ托ㄊㄨㄛ特ㄊㄜˋ包ㄅㄠ

你ㄋㄧˇ需ㄒㄩ要ㄧㄠˋ的ㄉㄜ˙材ㄘㄞˊ料ㄌㄧㄠˋ：

- ☑ 一ㄧˉ條ㄊㄧㄠˊ舊ㄐㄧㄡˋ牛ㄋㄧㄡˊ仔ㄗㄞˇ裙ㄑㄩㄣˊ
- ☑ 鈕ㄋㄧㄡˇ扣ㄎㄡˋ數ㄕㄨˋ顆ㄎㄜ
- ☑ 小ㄒㄧㄠˇ玩ㄨㄢˊ偶ㄡˇ
- ☑ 珠ㄓㄨ珠ㄓㄨ
- ☑ 針ㄓㄣ和ㄏㄢˋ線ㄒㄧㄢˋ

作法：

1

將牛仔裙翻到內面，將裙襬處剪下約3公分寬度的布條。

2

用針線將裙襬處縫合起來，翻到正面。

3

將剪下的布條裁切成兩段，量適當的長度，分別縫在裙頭的兩側。

4

發揮創意，在做好的托特包上縫上各種鈕扣、小玩偶或珠珠作裝飾。

阿達叔叔說 **時尚小故事**

　　阿達叔叔在家排行老三，　上面有兩個哥哥，所以小時候幾乎都只能撿哥哥們穿過的舊衣服，只有過年才能擁有一件屬於自己的新衣服。　我們也不能喊「不公平」，　因為家裡沒有多餘的錢，　這樣比較不浪費。　我只能慶幸自己下面還有一個更倒楣的弟弟，　呵呵！

　　故事中的小女孩可可，　一半是小時候的我，　另一半是「時尚女王」可可・香奈兒（Gabrielle Chanel）的化身。　雖然我不太了解時尚品牌，　但是在讀過香奈兒的故事以後，　就非常欣賞和佩服這個人。

　　西元1883年，　香奈兒出生在法國一個非常貧窮的家庭，　媽媽很早就過世，　爸爸沒有能力自己照顧六個小孩，　只好把她和兩個妹妹送進孤兒院。　香奈兒是個愛幻想的女孩，　她總是幻想自己穿著高貴的禮服，　讓那些瞧不起她的上流社會人士尊敬和愛戴她。

　　她買不起高貴的衣服，　就努力學裁縫自己做。她知道自己再怎麼穿都無法和那些上流社會仕女一樣，　也覺得和她們一樣沒有意義，　就乾脆讓自己

與眾不同。 大家都穿裝飾華麗的蓬蓬裙， 她就為自己做簡單合身的衣服， 甚至把男生的舊毛衣剪開， 改造成女生的毛衣外套。

就這樣， 她從一間小小的帽子店開始， 一路變成引領世界潮流的時尚大師， 讓自己的姓氏「香奈兒」成為最頂尖的時尚品牌。 就像她小時候的幻想一樣， 得到了上流社會人士的尊敬和愛戴。 她常常鼓勵女性擺脫束縛， 勇敢做自己， 展現與眾不同的個性和樣貌， 成為一個無可取代的人。

受到她的啟發， 我後來也常常動手改造衣服。 把兩件原本不要的舊衣服， 剪剪縫縫變成一件新衣服； 或是在單調的素色汗衫上塗塗畫畫， 變成獨一無二、 花錢也買不到， 而且能夠展現自己風格的衣服。

現在， 買衣服容易， 卻也丟得快， 全世界每年有上千億噸被丟棄的衣服， 變成一場「快時尚垃圾災難」，對環境造成很大的影響。 所以， 下回接手別人的舊衣服， 或是丟棄衣服前， 不妨先想一想， 說不定只要小小改造一下， 就有與眾不同的新衣服囉！

時尚也可以很環保！
舊衣服的永續之路

你多久買一次新衣服？一件衣服能穿多久？每週都有新衣上架的「快時尚文化」為人們提供穿不盡的新衣服，卻同時製造出一座座廢棄衣物山，更別提生產過程中的汙染問題正在重創地球環境。對從事「永續設計」的服裝設計師李亞俐來說，那些別人急於丟棄的舊衣，全都是她眼中的寶藏。一起來看看，她是如何一邊朝服裝設計的夢想邁進，同時發揮所學，為社會與環境問題盡一份力吧！

李亞俐 服裝設計師

我小時候常看國外的音樂節目，好喜歡那些明星穿的衣服。

我想模仿他們，就跑去翻媽媽的衣櫃，把緊身長褲剪成五分褲來穿。

自以為這樣很流行，把媽媽嚇一大跳。不過媽媽覺得我很有創意，還讓我幫她搭配上班的衣服。

我的過年穿搭

媽媽的紅色貝蕾帽

姐姐的洋裝

我的鞋子

從此，媽媽跟外婆的衣櫃就是我的遊戲場。

我一直想學服裝設計，畢業後去澳洲打工留學，終於有機會進入當地學校的服裝設計系就讀。

一個人在國外求學，語言跟學業壓力都好大，但是也開拓了我的視野，做了許多以往從未想像過的嘗試。

當時有一門課專門教「永續設計」（Sustainability），老師帶著大家討論一件衣服可以被穿多久？

Sustainability

現代生活步調快，新衣服買不完，常常沒穿幾次就淘汰丟棄，造成過量的垃圾與環境汙染。

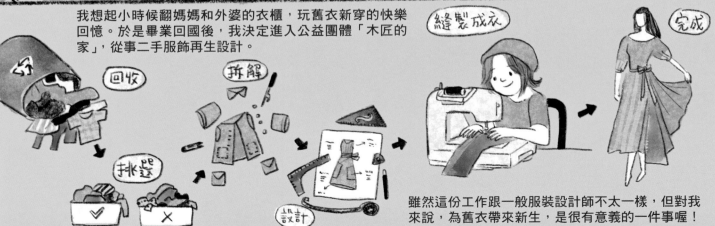

我想起小時候翻媽媽和外婆的衣櫃，玩舊衣新穿的快樂回憶。於是畢業回國後，我決定進入公益團體「木匠的家」，從事二手服飾再生設計。

回收　拆解　挑選　設計　縫製成衣　完成

雖然這份工作跟一般服裝設計師不太一樣，但對我來說，為舊衣帶來新生，是很有意義的一件事喔！